風言實語

——王实古诗文集

王实　著

作家出版社

为诗意的敏感点赞

——写在王实古诗文集《风言实语》出版之际

韩经太

欣然得王实同学诗词选集，先睹为快，读后颇有心得。在当今时代古诗词普及推广的大背景下，王实同学如此喜好古诗词创作的现象，可视为中华文化传承有序的成功迹象，而在人们仍在讨论究竟是格律规范重要还是美感韵味重要的特殊语境中，王实同学所表现出来的诗意的审美敏感，更可视为诗意中国精神复兴的心灵沃土。尽管那一片诗意的羽毛还须经历生活的风雨，尽管那种诗意的敏感还没有时时闪现，但青春的逻辑告诉人们，这正是当代中国人诗意栖居的美学根苗。

诗意的美，从性灵抒写的角度来看，大概有两种，一种是具有诗性韵味的“童趣”，另一种则是同样具有诗性韵味的“老成”。相信人们都能理解，“童趣”和“老成”，既关乎自然年龄之长幼，也关乎人生阅历之深浅，两相交错，往往也会出现“少年老成”或者“白发童心”的特异现象。相信人们更愿意理解，诗性的“童趣”和“老成”，具有超越自然年龄和人生阅历的特殊韵味，如果说“老成”意味着诗艺的精进纯熟，那“童趣”就是初学拙朴的代名词；或者，如果说“老成”意味着“渐老渐熟，乃造平淡”，那“童趣”就意味着青春焕发的绚烂多彩；如此等等，可以展开为诗性艺术哲学的辩证讨论，其涵涉之广，非这篇写在一位少年诗作者选集出版之际的文字所能包容，但有一点却是确定无疑的，那就是：诗歌艺术的灵魂在于诗意的敏感。

于是，可以来说说这位少年诗人颇具特色的诗意敏感。

王实同学的《感秋·偶见白蝶颤立枝头》写道：

霜叶解云愁，落花随水流。
蝶单摇影立，春意上心头。

无论其他读者怎样评价这首小诗，我首先被此诗标题所透露的那一点诗性的敏感所打动，那颗被偶然间发现的“白蝶颤立枝头”的景象所感动的心灵，无论如何都是一颗充满诗意的心灵。诗意的形象，只有诗意的敏感才能发现和表现，也正是因为如此，所谓诗人其实就是一群具有诗意的特殊敏感的人。读王实同学选集的第一感觉，是诗词选材的丰富多彩，一颗诗心，处处留意，除了学习创作的勤奋，自有美感孕育的灵动。譬如，这首《偶见白蝶颤立枝头》，诗作标题已然意象鲜明，唯其标题醒目，全诗四句转用写意笔调，“霜叶”与“落花”的对应，将愁云一片渲染得红花烂漫，隐隐然似有火红二月的春色旋律，涌动在霜叶流水的秋色奏鸣之中，而在如此霜叶秋色的背景前面，一只白蝴蝶颤巍巍“蝶单摇影立”的瞬间景象，岂止是在唤醒春天的记忆！熟读古诗词的人们，定然记得杜甫的“穿花蛱蝶深深见，点水蜻蜓款款飞”，也定然记得杨万里的“小荷才露尖尖角，早有蜻蜓立上头”，前者对自然小生命那种悠然自得的意态刻画，胜过关于宇宙人生之哲思言说的千言万语，而后者那由“才露”和“早有”的时刻交错所营造的默契意味，传达出万物之间彼此交心的神秘情怀，所有这些传诵人口的经典诗句，无不是诗情画意之美和民胞物与襟怀的深度交融，也因此而有着历久弥新的诗美韵味。王实同学对诗意敏感的瞬间捕捉，也因此而显现出难能可贵的诗性潜质，若能珍惜这一片诗意的羽毛，并时时汲取诗歌经典的营养，前途自不可限量。

当代年轻人创作古诗词，那些外在的诗词格律乃至于惯用的典故词语，都可以通过习得记诵而获得，唯有诗意性灵，关乎天赋，也关乎习得路径，难可轻易获得，也因此而格外值得珍惜。在阅读王实同学诗词选集的过程中，我发觉这位少年诗人的作品已经在不经意间表露出古代文人的闲适情趣，如下面这首《田园》：

风动影徘徊，篱中花自开。鸟栖檐上草，虫歇路边苔。

新果藏枝叶，斜阳扫雾霾。闲时庭院坐，秋蝶叩门来。

如果不是“斜阳扫雾霾”这句颇带当下生活色彩的时代话语，读者很容易忽略这首当代田园诗的当代性，尤其是“鸟栖檐上草，虫歇路边苔”两句，深得古人“野兴”之美，甚至有几分“荒寒”韵味。大胆揣测，如此这般的审美尚好，都是在古诗词写作的长期实践中默默形成的，从这里，也可以发现审美浸润的性情修习意义。这一切，不仅是无可厚非的，而且是值得提倡的，在功利主义裹挟着技术主义而盛行一时的今天，审美的迷茫使人们有一种生活在雾霾天气里的困惑和忧郁，人们渴望蓝天白云，渴望阳光明媚，同时也渴望绿水青山环抱中的宁静和安详。在这个意义上，像王实这样的少年，竟然有一颗古代田园诗人一样的闲适襟怀，不也值得珍惜吗！何况，王实同学的《田园》一诗，结束在“闲时庭院坐，秋蝶叩门来”的灵妙意象，请想象“秋蝶叩门”的“叩”，是不是隐含着“大音希声”的况味！如此这般而闲坐庭院，该是一种怎样的“诗意的栖居”境界？足见，我们的少年作者确有一颗颇具古典韵味的诗意性灵。

让我们为这诗意的敏感点赞！祝愿他诗意的羽毛越来越丰满，然后翱翔在东方诗国的自由天地间。

2019 年 4 月

目 录

诗选

词选

文选

诗选

咏安陵书院二首

（一）

庭院深深依便水①，
云烟袅袅绕龙山②。
诗声和雨润纤柳，
武韵入风扶秀兰。

（二）

便水怀中拥稚童，
龙山脚下聚贤朋。
云邀丹桂传文韵，
雨打芭蕉送武风。

（2014.8.19）

①② 便水、龙山均系永州安陵书院标志性风景。

咏薰衣草

紫韵青山下，
气幽十里扬。
无心花斗艳，
随意草争芳。
春到笑迎雨，
秋来静待霜。
北风呼啸过，
犹有入衣香。

(2014.8.21)

咏　雨

云烟渺渺护青山，
玉管声声跳碧潭。
斜舞东风轻挽柳，
明朝携手碧云天。

(2014.8.30)

中秋抒怀

秋雁过风铃，
花红待月明。
清寒封万里，
空对四方情。

（2014.9.3）

中秋月

京北康西登高眺，八月十五金秋到。
点点繁星长河隐，皎皎玉盘九州曜。
丛林幽深昆虫舞，草场肥美骏马跳。
树影婆娑鸟私语，楼宇重叠人欢笑。
吴刚救母心切切，伐枝削桂无昏晓。
嫦娥思弈针密密，白地金边花皮袄。
仙长采药玉兔捣，金枝玉叶灵芝草。
瑶台神品除百病，凡世人尝永不老。
广寒宫内也忙碌，清暑殿外更热闹。
千家万户人团圆，推杯换盏心肚宽。
新娘下轿碎苹果，新郎登堂揭红帘。
暮云收尽酒不尽，明月圆极饼更圆。
冷冷清清月宫台，素娥挹泪思尘凡。
牛郎尚能会织女，只恨后羿去不还。
月桂一枝做皂杆，锦丝两匹为黑帆。
偷得观音起死符，借来老君回生丹。
寻得后羿孤坟处，白头偕老驻人间。
纵使成仙千般好，谁愿独上九重天?!

(2014.9.8)

咏古三首（步韵）

（一）咏林则徐

功高远谪玉门关，红日渐沉风月闲。
夜半声寒杨柳调，客心皎皎自清圆。

（二）怀孟姜女

边墙九道筑成关，千里送衣野草闲。
白骨青山肠寸断，泪生沧海月空圆。

（三）戚继光颂

山长水阔抱雄关，月冷星寒不等闲。
胡马闻声肝胆裂，刀光一照四方圆。

(2014.9.21)

重阳登高即兴

半山碧叶迟迟落，
欲见重阳簇簇花。
香菊篱边凭雨问，
明朝霜至客谁家？

(2014.10.1)

感秋·偶见白蝶颤立枝头

霜叶解云愁，
落花随水流。
蝶单摇影立，
春意上心头。

(2014.10.16)

月夜抒怀

雾起苍山日又西，
云披长夜候鸣鸡。
黄莺疾走纷纷语，
乌雀孤飞阵阵啼。
枫叶半坡嫌月冷，
菊香万里醉枝低。
四时流转何须怨？
对饮来年绿柳堤。

(2014.10.26
发表于《中国文化报》
2014年12月5日第6877期)

河南行律诗三首

（一）咏汴京千年铁塔

日月悬金顶，
烟霞绕秀腰。
静观沙覆水，
闲看雨翻潮。
将士忠魂远，
崖山哀曲遥。
长河依旧在，
弹指换今朝。

（二）济源五龙口戏猕猴

太行一脉三千里，
唯有济源生慧猴。
幼崽娇啼偎乳母，
大王怒喝震诸侯。

占山夺谷虎鹰斗，
攀树飞岩鸦雀投。
游客往来情切切，
谈宗话祖与人谋。

（三）云台山行

太行乘雾来，
修武卧云台。
飞瀑龙蛇舞，
丹崖日月开。
猕猴留客笑，
红柿惹人摘。
空谷回声远，
茱萸何处栽？

（2014.11.11
发表于《诗刊》2015 年《子曰》第 2 期）

云台山怀古

太行险，险在云台山。
愚公移二岭，
凿痕遗万千。
为平擎天柱，
巨石坠云端。
斜挂轻雾落碧水，
涛涛浪卷天。
万载风雨尽，
威仪不减，屹立水中间。
欲修通山路，
先将岭开穿。
地摧山陷，众生逃窜，
崇岭塌半边。
尘石怒号滚滚下，
有如雨卷烟。
汩汩山泉成汪洋，
转瞬塞满川。

千秋星月冷，
垂帘百丈，高瀑莫引船。
玉帝感愚公，
诏令力神把山迁。
利剑勇劈拦路岭，
巨锤疾砸绊脚岩。
石碎如骤雨，
冲霄似钢鞭。
崖尖划破力神脚，
血迹流满滩。
至今红石峡，
峭壁浸红斑。
道道足印遍山野，
清溪每流连。
闻名潭瀑谷，
五步一泉，十步一潭。

太行高，高在云台石。
后羿射九日，
利箭穿干支。
九日距峰顶，
不足一矮茨。
古柏但须借足力，

可擎日于枝。
人不出户门窗紧，
难禁日光蚀。
草木燃尽，不存一丝。
箭透骄阳未停歇，
又中玉帝黄金卮。
仙酒洒于此，
火山始润湿。
万物勃发，青藤上瑶池。
王母一怒挥青剑，
削半山，断于斯。
但看诸峰顶，
马可在上驰。
低者分上下，
高者无参差。
虽断半截，犹加数十。
巍巍峰石乐比高，
日月萦发际，
云雾环腰肢。
伸手摘星斗，
层林尽洒润灵芝。
举臂挥晨霞，
漫野皆醒映山栀。

猿猱至死难登顶，
只恨行太迟。
黄鹤终老飞不过，
却道无路资。

太行美，美在云台峰。
王母低头惊，
沉醉忘天宫。
仙桃既已食，
核犹在口中。
张口欲言核下凡，
径入仙人篷。
渐成玉树三千丈，
飘然破苍穹。
仙气乘风荡山谷，
时清复时浓。
犬变虎，鱼转龙。
碎土化磐石，
杂草换苍松。
山间挂丹桂，
潭面卧芙蓉。
玉帝见状喜不胜，
亲临食朝饔。

桌际花千朵，香气灼灼。
座下草万丛，绿意茸茸。
玉帝兴起亮宝剑，
林中舞青峰。
而今仍存试剑石，
一劈中间空。
晴空无限好，
更绝雾锁与烟封。
汪洋漫涌云霞蒸，
峰变岛，与天通。
山间游片时，
胜过瑶台千刻钟。
一日神爽，数月忘哀凶。
五岳归来不看山，
云台归来岳无踪。

(2014.11.11)

劝　行（并序）

时 2014 年 11 月 20 日，两位见习教师结束实习，行将返乡，告别仪式上哭声一片。当“forever young”响起，许多男生亦泪雨倾盆。余虽心忧，未曾落泪，作诗一首，以劝同窗节哀，寄语未来。

君泣倾盆雨，
我歌朱玉弦。
愁云稍纵逝，
残月复重圆。
恩重一滴水，
情深万股泉。
知音无远近，
山水续前缘。

(2014.11.25)

感　时

银钩挂月渐重圆，
暮霭垂帘半挽鬟。
烂漫一秋才谢落，
玉苞点点绽芳颜。

(2014.11.25)

仓颉造字

黄帝之时，无人记读。
神人仓颉，执掌史簿。
一日君臣，进山寻鹿。
渐行渐远，深入丛树。
群臣不备，出一猛虎。
数人被食，慌不择路。
险脱魂定，帝诏传录。
口授难明，结绳记物。
寻一长绳，系七结五。
数月之期，诸事皆误。
难摹时雨，不记斗粟。
世事繁杂，无以细述。
烦愁难遣，郁郁独步。
忽见滩涂，翠鸟群舞。
鸟渐飞去，尚存细足。
前伸两趾，一趾后出。
遂造“丫”字，流传千古。

习得此法，依物作图。
忆及深山，乃一恶土。
若遇大虫，百姓何苦！
不忘兽形，描须绘目。
赫赫凶像，刻于石木。
传习百姓，皆能领悟。
六体之字，自此传赋。
一曰象形，临状拟物。
二曰假借，同音相助。
三曰指事，以符标注。
四曰形声，音义比附。
五曰会意，合字共组。
六曰转注，训释交互。
天下万物，莫不能述。
始称仓颉，汉字之祖。

（2014.12.17
发表于《诗刊》2015年《子曰》第2期）

记甲骨文

年逾百年，五帝结束。
大禹建夏，至桀不固。
商汤灭夏，执掌权术。
天神地鬼，不知何处。
预兆不察，吉凶难卜。
有人称仙，尊其巫祝。
是非善辨，亡灵超度。
符咒卦象，记于牲畜。
精挑龟甲，细选兽骨。
烈火焚烧，半焦半土。
扁平之甲，渐出纹路。
吉者为横，凶者成竖。
斜插祈雨，交错求黍。
凡人不识，难通门户。
正面刻文，陈清类属。
渐埋地下，千年未腐。
宫殿不存，文字常驻。

后人掘之，卖入药铺。
自称龙骨，百病能除。
清有官人，见此留步。
购得百斤，字迹模糊。
观之摹之，追源考古。
惊现殷墟，杳杳商都。
仓颉造字，未存实物。
此物繁多，堆仓积库。
夏史无文，难以检录。
自商存证，史料备储。
最早文字，当称甲骨。

(2014.12.21)

冬至抒怀

文思隽永势如涛，
月下迢迢连二桥。
春雨秋分冬至夜，
幽怀暗影愁相浇。

(2014.12.22
发表于《诗词世界》2017年第10期)

送友人

初阳欲坠更消魂，
露打残墙似泪痕。
昨夜依稀船入梦，
随君直过万家村。

(2014.12.27)

贺 新 春

度年应度忧，
增岁莫增愁。
初日会新月，
相逢话不休。

(2015.1.1)

洛杉矶望潮思乡

迷海白绸长，
孤帆万里航。
沙鸥难辨路，
曈日落西洋。

(2015.2.4)

松鹤迎春（题画）

鹤展凌霄翅，
松迎岭上云。
朔风何足惧？
携手四时春。

(2015.2.10)

海外思亲

花落月明中，
斜阳腮尚红。
忽闻乡乐起，
迷眼辨长空。

(2015.2.17)

游纽约大都会博物馆偶得

千古奇珍半日观，
曾经云海几更船。
儿童亦解离乡恨，
敢问何时故国旋？

（2015.2.17
发表于《诗词世界》2017年第10期）

除　夕

马年渐远羊年到，
一夜花灯喜报传。
四海鱼龙争伴月，
三更如昼尽欢颜。

(2015.2.18)

岁末游子吟

狂波挟夕阳，
垂幔海风凉。
落叶寻离土，
游人思故乡。
新帆乘月旅，
雏雁放歌翔。
志远山能撼，
何愁万里洋？

(2015.2.18)

乙未年正月初三初雪偶得

狂风薄雪驱迷帐，
日照银绢沐粉华。
映水鳞云斑竹影，
行人霜路腊梅花。
匆匆褐土发青叶，
切切金星催彩霞。
愚鸟不知寒岁尽，
急衔红纸筑新家。

（2015.2.21）

除岁诗

一夜枯枝裹彩龙，
难分人迹马行踪。
烛灯闪闪羞残月，
爆竹声声彻朗空。
醉里放歌寒雀舞，
雪中吐蕊腊梅红。
又逢辞旧迎新夜，
春到门开送北风。

(2015.2.24)

咏玉兰

初阳催旧枝，
桃面却来迟。
闲待蜂儿访，
清香醉早鹂。

(2015.3.21)

春　晓

天高红日斜，
新雀入千家。
水映青丝柳，
蜂围粉面花。
初芽惊宿雨，
凫雁沐晨霞。
莫待春光尽，
俯身拾落华。

(2015.3.22)

笑螃蟹

足张凌秽道，
螯曲霸枯池。
骄恃胜龙虎，
专行到几时？

(2015.4.11)

京城雨后

黄土笑新叶，
碧天掀旧云。
稀疏潜夜雨，
收尽满城尘。

(2015.4.18)

落日映红霞（并序）

湖广一学子，其母逝二载，作画以悼之。另有人配一文。吾师于班中令众弟子观之，或唏嘘，或落泪。吾亦感伤怀，遂依此文作诗以记之。

落日映红霞，
红霞将日盖。
小儿乃随母，
出户购饭菜。
星月初露角，
母子并归来。
子亦学母状，
手持钱数块。
入门即大呼：
“来一斤母爱！”
阿母得闻之，
捧腹笑开怀。
以手抚儿头，

“母子为血脉，
母爱天所赐，
岂能为买卖？”
小儿却不解，
“只恐有一日，
此爱不复回。”
阿母便誓曰：
“誓天不绝义，
终老亦不改！”
说罢又大笑，
笑儿甚愚呆。
数年儿长成，
言行亦自知。
回回必大笑，
每每忆此事。
已知母爱深，
更晓母举止。
阿母本爱美，
不舍涂胭脂。
家财不足百，
学费去几十。
胭脂何其贵，
素面佩山栀。

阿母爱管弦，
不常闻竹丝。
新乐七八块，
分文不忍支。
数月听一曲，
耳茧磨数尺。
破旧收音器，
唧唧复吱吱。
阿母常腹痛，
冷热不得食。
米面皆赐儿，
独自饮汤汁。
为供儿续学，
家中钱帛空。
学子离乡去，
老母坐家中。
门前望儿影，
“临行密密缝”。
年已过花甲，
不知做何工。
难享清明福，
荒原独自耕。
亦或浪天涯，

乞讨以为生？
学子无暇思，
一心做学生。
约有一年余，
忽收信一封。
言母有小疾，
已去见郎中。
忧思过数月，
忽而见阿翁。
阿翁遣儿归，
但见空门户。
学子问阿翁，
急欲见阿母。
“阿母便在此，
切记慎勿哭。”
阿母卧床中，
面黄见颧骨。
“为娘无大病，
莫要再眷顾。
待到学成时，
促膝复抵足。”
学子年尚幼，
不晓癌何物。

便从阿母言，
返校潜学术。
日日勤伏案，
夜夜梦阿母。
晨起制纸鸢，
愁落数行书。
午后自登楼，
听风薄日暮。
仰首掷纸鸢，
四野寂如初。
纸鸢亦不知，
阿母在何处。
渐至学业满，
急急还家去。
残墙依如旧，
叩门无人出。
唯见荒原上，
凄凄一坟墓。
长跪不泪落，
缘由自清楚：
少小至离乡，
未见母悲怒。
白发不可见，

音容贯天涯。
回首望天际，
落日映红霞。

(2015.5.31
发表于《中华辞赋》2016 年第 4 期)

吊屈夫子

昔日滔滔汨水长，
《离骚》一曲复心伤。
至今犹记屈夫子，
未阻秦兵踏楚疆。

(2015.6.22)

仲夏偶得

仲夏初来日日暄，
稻禾垂首不堪言。
问塘哪得沉沉雾？
为有农夫汗洒园。

(2015.7.13)

夜雨随感

昨夜语声传，
剑飞侵枕眠。
雷音窗外作，
雨步水中连。
喜至光如箭，
愁来日似年。
无常云遮月，
亏缺转头圆。

(2015.7.15)

游科罗拉多大峡谷

枯浊一湾水，
巍峨两座峰。
细流千万载，
崖壁似神工。

(2015.8.9)

游黄石峡谷

危岩鸿雁飞，
银瀑放金辉。
老干青苔笑，
孤牛并日归。

（2015.8.13）

咏黄石公园

旧雁栖峰顶，
新牛饮水边。
幽潭席地卧，
灵柱幕天连。
枯木望千日，
苍松立万年。
缤纷玄女镜，
失手落人间。

(2015.8.14)

田　园

风动影徘徊，
篱中花自开。
鸟栖檐上草，
虫歇路边苔。
新果藏枝叶，
斜阳扫雾霾。
闲时庭院坐，
秋蝶叩门来。

（2015.9.3
发表于《中华诗词》2016 年第 6 期）

晨起感秋雨

潇潇秋雨散红霞，
晨起趋庭踏落花。
夜夜草虫学唱晚，
不知今日客谁家？

(2015.9.5)

中秋节小吟（藏头诗）

中庭升白玉，
秋桂挂银盘。
望尽烟云路，
月明花影观。

(2015.9.27)

悼曾祖（并序）

今日旅行途中，惊闻曾外公仙逝，痛不能言。默然作诗一首，权作悼文。

昨夜望天明，
残红正飘零。
吾母枕边卧，
迟迟不起行。
初阳披晨露，
檐下草不青。
欲言却又止，
窗外日冥冥。
自幼无白事，
家中唯太平。
鬼节屋中坐，
无忧过清明。
曾祖年耄耋，
十八始从兵。

沙场得胜归，
临阵心不惊。
孰料值此时，
已成天上灵！
金秋逢长假，
本是满心欢。
闲来驶向晋，
欲登五台山。
山中本无僧，
佛法自有缘。
怀中一炷香，
已至神像前。
未到山门外，
忽而噩耗传。
头上冠落地，
回首心茫然。
苍松今萧瑟，
晓星映天寒。
亲朋各异处，
次日即返还。
雁阵啼无泪，
独坐默不言。
老者如过世，

常言应道喜。
今日逢此事，
悲从心头起。
犹记年幼时，
曾祖伴我戏。
恶疾廿余年，
卧床不得立。
近来新患病，
前夕误食剂。
自知大限至，
头面令清洗。
一夜无大碍，
今晓失生气。
遗体火中尽，
余灰将入地。
身随凄风走，
巷角墙边泣。
稀疏蒿草绿，
孤寂榴花红。
窗外晴万里，
心头雨蒙蒙。
吾母离家去，
二十即进城。

恰似丛中鸟，
举翼入苍穹。
客处渐如家，
故园却朦胧。
日久业繁乱，
难以回乡中。
而今曾祖逝，
唯有叹西风。
生前未尽孝，
死后难尽忠。
杨柳青一世，
流水转头空。

——十月四日悼于五台山

(2015.10.4)

霜降日仰山观菊

木秀林中卓不群，
雁惊残叶日微曛。
花红万亩连天路，
菊紫千层曳地裙。
霜落旧枝唯静默，
风邀新蕊任喧纷。
篱边白蝶时时舞，
一抹丹霞半抹云。

(2015.10.24)

暮秋晨起即景

数对昏鸦扑北窗，
檐边垂露夜犹长。
鸡鸣东院初阳冷，
犬吠西街晓月凉。
丹桂香飘风列阵，
碧空声远雁成行。
梧桐寂寞高千载，
庭外疏杨叶又黄。

(2015.11.1

发表于《中华诗词》2016 年第 6 期)

鹊梅报春

万里霾都眉不展，
居庸关外访初阳。
抬头喜鹊迎风舞，
一段红绸一段香。

(2016.1.3)

澳洲游吟二首

（一）

乡云随雁赴南北，
腾雾直穿万里霞。
昨夜街边风舞雪，
今朝窗外叶扶花。

（二）

身在桃源处，
山高林雾闲。
碧波摇万载，
飞瀑挂千年。
鸟唱参天树，
鱼听落海泉。
池边停褐叶，
桥上小花残。

(2016.2.4)

丙申元日晨起大风疾过

檐上初阳照雁归，
枯枝未褪幼芽催。
春风料峭疾吹过，
旧叶新花一并飞。

(2016.2.8)

丙申元宵节小吟

冬木露春苞，
月悬杨柳梢。
旧风衔旧叶，
新燕筑新巢。

(2016.2.22)

早春晚梅于颐和园

春风墙头吹梅暖，
腊梅流香润春风。
花落成泥香犹在，
梅花散去海棠红。
道旁垂柳抽青芽，
日照新苞胜似花。
枯木枝头残梅落，
化作暗香散天涯。
新燕檐边自在舞，
昏鸦脚下几点黄。
百花皆爱春时雨，
腊梅独喜萧瑟霜。
杨柳未闻北风咽，
桃杏不见中秋月。
姹紫嫣红尽争春，
横枝静观千山雪。
梅花不似桃娇艳，

梅叶不如兰葳蕤。
不晓腊梅何处贵，
贵在不屈霜打枝。
桃兰菊梅各一季，
春夏秋冬共一年。
薄露浸桃腮尚暖，
朔雪压梅心不寒。
蜂蝶群舞绕枝头，
因是桃杏香气流。
梅花只待有心客，
蜂围蝶阵却不求。
鸟鸣红霞春日暮，
再寻残梅不知处。
夜半床中忽梦醒，
暗香传进千家户。

(2016.2.27)

告病家中兼避霾

东风恹恹又清晨，
杨柳迟迟不入春。
归雁缘何今未至？
日昏霾重路难寻。

(2016.3.4)

早春窗外

晨起日新霾扫空，
高墙无力锁春风。
数天不问窗边事，
一树青苞已露红。

(2016.3.23)

暮春急雨

一地落红随旧枝，
窗前春色已参差。
绿帘满目百花尽，
却是稀疏酥雨时。

(2016.5.2)

暮春急雨外一首

山近风正轻，
黑云楼上凝。
家家灯摇曳，
窗外日不明。
未闻雷公怒，
已见雨纵横。
雨打雕栏外，
雕栏绕绿藤。
伸手量其温，
启窗闻其声。
触手即四溅，
只觉寒似冰。
忽落漆檐上，
弦断琴亦崩。
又落琐窗上，
金鼓伴银铃。
残花待洗尽，

枝头露新青。
孤雀不知处，
叶间唱黄莺。
数日霾遮面，
闭门不出行。
无事家中坐，
身倦心不宁。
今日突降雨，
云散赏初晴。
天高气清时，
何处无鸟鸣？

(2016.5.2)

初夏傍晚雨后初虹

今晨浓云化不开，
不期黄昏无阴霾。
徐徐夏风未吹至，
迟迟春雨天上来。
雨静风平雾不散，
夕阳露首云似霰。
新木檐上孤鸣鸟，
青藤墙边疾飞燕。
归家路上遇飞虹，
横跨天际自当中。
东院露头西院尾，
头似彩桥尾似龙。
山前乌云已成霞，
动时烈火静时花。
今日晚霞照归雁，
去年晚霞映昏鸦。
自古离人肠堪断，

游子他乡愁心乱。
人生恰似斜阳路，
明月高楼路漫漫。
飞虹晚霞本无根，
残花归鸟也无痕。
闲来树下拾落红，
一香一蕊一缕魂。

(2016.5.23)

夏日无题

风静灯黄树影昏，
一轮孤月洒银痕。
不知青叶系何物？
遍地残花落魄魂。

（2016.6.28）

向日葵

闲来寻至花田处，
万亩芳葵金满洲。
漠漠浮云常蔽日，
缘何众菊不低头？

(2016.7.17)

盛夏雨后感玉兰花开

两日连绵雨，
潇潇无止休。
时值繁华夏，
却似落叶秋。
凄风挟冷雨，
风静雨不歇。
商旅房中坐，
只因水满街。
纷纷如绢丝，
千丝织成雾。
登山不见城，
隔窗难识路。
昨日风雨骤，
风舞雨飞旋。
残叶铺满地，
孤木系行船。
低头闻雨声，
抬首观雨形。

声疾形亦乱，
老墙泪纵横。
雨沉云漠漠，
正午变黄昏。
狂风掀白浪，
唯见滚滚轮。
偶有出行人，
伞循斜风走。
离家未百步，
人困蓑衣透。
门前玉兰树，
花开独一枝。
雨打不眠夜，
此花孰可知？
今晨雨既停，
欣然园中行。
露水悬枝叶，
何处无鸟鸣？
急待踏落红，
怎料花依旧！
幼苞忽盛开，
红肥却绿瘦。

(2016.7.21)

贺兰山南寺（六言诗）

青山褐木新蝶，
白塔金檐老鸦。
阵阵风吹巨蟒，
山崖散作莲花。

(2016.8.6)

登黄河楼

贺兰山脚起高楼，
桥上行人桥下舟。
万里长河吞朔漠，
一支孤剑立芳洲。
今朝郁郁繁华夏，
昨日萧萧寂寞秋。
人事如风倏忽过，
眼前滚滚浪沙流。

（2016.8.9
发表于《中华诗词》2018年第12期）

游沙坡头

河山融一色，
飞鸟叫长空。
白浪拍深谷，
黄沙抚远松。
行人江下过，
斜日树前红。
自在他乡客，
神游诗画中。

(2016.8.9
发表于《中华诗词》2018 年第 12 期)

游通湖草原

四面青云点点斑，
置身广漠大河间。
一群骏马奔初日，
两列白驼踏远山。
草上黄沙沙覆草，
天中碧水水连天。
微风吹梦景如画，
纵是离人心也闲。

(2016.8.10

发表于《中华诗词》2018 年第 12 期)

观青海湖

晨游青海湖，
旭日乍东升。
时值七月夏，
却似十月冬。
趋步栈道上，
湖畔起凉风。
一望无边际，
浩荡接苍穹。
湖若蓝宝石，
深嵌翡翠中。
又似瑶台镜，
四面卧蟠龙。
湖静乾坤合，
山高日月通。
油菜金满地，
野花别样红。
驾车再疾行，

草尽现沙土。
风过沙移行，
为丘为深谷。
黄沙广似海，
浪中一条路。
身陷大漠中，
茫茫不知处。
沙漠转瞬逝，
道旁现草木。
山头嵌牛羊，
山腰缠云雾。
湖平似蜷龟，
峰劲如卧虎。
地广却无人，
百里见一户。
垂首广袤地，
举头无限天。
近可观花草，
远可望河山。
时已近正午，
草青日炎炎。
湖水传波浪，
云散风不寒。

树过花更艳，
雾尽天愈蓝。
山高水波明，
山水尽开颜。
我愿辞闹市，
于此度千年。
逍遥画中人，
胜似天上仙！

(2016.8.11)

观贵德丹霞地貌（并序）

晨起，游青海贵德国家地质公园。但见奇山奇水怪石怪土，乃罕见丹霞地貌也。余观之有感，遂作此篇。

青海之腹，贵德之头。
时值七月，气属初秋。
巍巍大地，莽莽神州。
高山犹在，长河空流。
游子忘返，宾客常留。
画中寻乐，梦里神游。
土分七色，石绽千颜。
碧水万载，丹崖亿年。
水似青蟒，一路蜿蜒。
峰如赤龙，四面连绵。
土台土碗，石舟石帆。
脚下深谷，头上青天。
奇山互蔽，异水相通。

花红树绿，水绿山红。
巨岩战象，碎石草虫。
百鸟朝凤，万佛归宗。
云集雪域，人立苍穹。
仙境落此，尘事随风。

(2016.8.12)

秋　日

街上行人挥汗频，
清风无力入窗棂。
昔时盛夏蝉无迹，
暑去秋来蝉却鸣。

(2016.8.22)

秋　夜

新鸟巢中卧，
晚蝉枝上眠。
夜清孤月静，
余独坐灯前。

(2016.8.24)

秋夜偶题

攲斜红烛尚思春，
迟暮幽蝉唤日沉。
霜落寒窗纤月起，
不知今夜照何人？

(2016.8.26)

月下独吟

昨夜迟迟难入梦，
披衣复起倚窗棂。
弯弯月下雾将散，
瑟瑟藤前灯正明。
乌雀先飞归雁至，
残花未落幼苞生。
千家俱寂风微冷，
墙外一声孤鸟鸣。

(2016.8.30)

咏毛虫

缓行枯叶里，
常啖嫩秋芽。
来日化春蝶，
随风逐落花。

(2016.9.4)

病中杂记（并序）

母久病不愈，终日卧于病榻，余怜之有感，遂成此诗。

潇潇新雨后，
云醉风似酒。
青藤忽半黄，
点点残阳透。
窗外花依旧，
窗内人空瘦。
举目满园秋，
不觉泪沾袖。

(2016.9.11)

丙申中秋月下咏怀

远山不见树影昏，
一排归鸟日西沉。
星尽霞褪天漠漠，
举杯高望月一轮。
雾重烟凝月泛黄，
头上薄纱耳畔云。
屋内几桌团圆客，
屋外多少离别人？
中秋本是团圆夜，
游子洒泪闻雁鸣。
秋风过时身何处？
天涯漂泊度此生。
身在家中心安乐，
身在异乡心零丁。
野草萧瑟银杏落，
月色朦胧灯正明。
晚蝉尚吟声不住，

微风渐起柳低垂。
昨夜似钩今似盘，
去年烂漫今成灰。
贵人酒酣见月喜，
离人酒醉见月悲。
纵然人世常圆缺，
不随嫦娥向月飞！

(2016.9.14)

观园中无名花有感

蜂去晚蝉鸣，
草黄枝尚青。
春来常烂漫，
秋至未凋零。

(2016.10.14)

秋诗

云消云长念天晴，
花谢花飞寻雁声。
白果无心栖满地，
纷纷车马绕街行。

(2016.11.11)

暮秋无题

雏菊一身霜，
草枯鸦绕廊。
红簪穿薄雾，
金扇唤初阳。
花盛三天落，
叶浓两日黄。
春风何处至？
离雁话凄凉。

(2016.11.13)

霾中行

五天愁绪五天雾，
风雪难寻梅不发。
千里阴霾何日去？
玉兰树下问寒鸦。

(2016.12.21)

岁末登景山有感

瑟瑟冬风吹古柏，
新苞欲露老枝苍。
崇祯郁郁身先死，
不晓百年清亦亡。

(2017.1.22)

除夕贺岁

日升云挂帆，
新雀向蓝天。
深巷风徐暖，
斜街灯正悬。
酒逾千盏醉，
人过五更眠。
试看金窗外，
万家辞旧年。

(2017.1.27)

丁酉正月初四琼岛游园

正月蛙声夜夜来，
清溪野径燕徘徊。
春光已尽千山碧，
一树红花兀自开。

(2017.1.31)

春　雪

数天晴日照，
数天树影昏。
河开天渐暖，
新枝笑迎春。
今晨街边行，
萧瑟北风寒。
乌雀啼老树，
霜重晚梅残。
午时众惊呼，
窗外一色银。
梨花纷纷落，
薄雪侵满庭。
初时飘然至，
翻飞忽盘旋。
而后雪渐骤，
窗外白无边。
大雪愈纷纷，

街上满行人。
一行皆白发，
鹅毛染遍身。
时而飘天际，
时而落眼前。
片片如柳絮，
粒粒似海盐。
雪落日南坐，
雪融日西沉。
来疾去更疾，
乌巢缀白痕。
头上风瑟瑟，
足下路绵绵。
雪融泥覆地，
云褪露沾檐。
泥乃雪之魄，
露是雪之魂。
正叹墙边雪，
却将初苞闻。

(2017.2.21)

游笔架山

峰寂日初升，
天边晓月清。
风催迎客木，
云隐启明星。
危巘倚岩乱，
辽原任草青。
空山藏古寺，
朝夕品潮声。

(2017.7.22)

长白山四时歌

长白春荣荣，
胜似画卷中。
一夜繁花遍四野，
黄紫橙白红。
东风骤起纤云聚，
春雷隆隆；
酥雨轻敲冰花醒，
春泉咚咚。
鸟兽出巢惺忪眼，
林外旭日初升；
花苞颔首莞尔笑，
枝上瑞雪消融。
莹露缀枝头，
枝头发鸟声。
朝霞映新叶，
新叶催微风。
潭深三千尺，

汩汩幽泉觅蛟龙；
崖高八万仞，
巍巍高山斗苍穹。

长白夏炎炎，
稀疏有鸣蝉。
深浅溪流漫山麓，
青绿褐黑蓝。
一山葱郁花招展，
蜂蝶翩翩；
两池清凉泉吟唱，
芳草绵绵。
映月潭心吐碧流，
缱绻嫩荷睡莲；
亘古山巅伏玉雪，
缭绕薄云飞烟。
根乱枝叶盛，
林深隐磐岩。
风徐雷声密，
雨甘润苍田。
野兽栖于此，
坐拥松山浑无欲；
远客憩于斯，

浮游云海俱成仙。

长白秋萧萧，
山上山下尽妖娆。
半天赤霞染，
一树红叶烧。
林间卧猛虎，
云上翔金雕。
十月秋高，
一夜呼呼风怒号；
一夜怒号，
次日倏倏万木凋；
万木皆凋，
化作彩蝶随风飘。
风住水澄净，
叶落树寂寥。
霏雨慰埃尘，
别雁叫汉霄。
霜露渐生，
枯枝香泥零乱掩石桥；
行人驻足，
忘却城中喧嚣与辛劳。

长白冬凄凄，
天池林海竞奇姿。
朔雪铸坚冰，
坚冰覆玉池。
深穴虎豹隐，
茫原豺狼饥。
三九北风疾，
雪花旋舞满枯枝；
雪花满枯枝，
俨然将军披戎衣；
将军披戎衣，
英气浩然映冬晖。
四野崇山静，
百里人烟稀。
日沉暮云凝，
星起野雉飞。
长风漫卷，
簌簌落雪轻和寒鸦啼；
冷树横眉，
铮铮斗士静待三春归。

(2017.8.8)

怀韦应物

眼观十载萧疏景，
心系千家落魄人。
欲效南山陶五柳，
奈何渐渐陷红尘。

(2017.9.4)

怀李白

半生放浪欲成仙，
盛世衰音泣断弦。
八斗诗才时不济，
一觞一笔醉千年。

(2017.9.25)

怀杜甫

沧桑阅尽自漂流，
零落寒春瑟瑟秋。
身在国亡家破处，
一杯浊酒万千愁。

(2017.9.28)

怀王维

赤橙黄绿山，
花草鸟鱼田。
南北东西客，
琴棋书画禅。

(2017.10.1)

怀 王 勃

少年及第誉神童，
祸起才高傲昊穹。
挥笔滕王传绝响，
一身抱负葬洋中。

(2017.10.3)

丁酉八月十七夜凉有感

山寂沉钟响，
灯寒薄雾垂。
风寻孤独客，
月上冷清枝。
鸿雁鸣高阵，
梧桐落晚池。
嫦娥难识路，
愁思寄阿谁？

(2017.10.6)

怀孟浩然

生在书香第，
天资传舍邻。
少年辞故土，
沾得满衣尘。
儒士皆知己，
文人胜远亲。
一心投圣主，
来往求仕频。
府内谒张说，
待其如上宾。
忽逢玄宗至，
语拙帝王瞋。
空有凌云志，
嗟归垄上人。
扶犁翻稻黍，
持斧拾柴薪。
犬吠烟霞暮，

鸡鸣霜露晨。
清诗吟澹泊，
浊酒饮寒贫。
身是神仙客，
心为忠义臣。
长安路漫漫，
梦醒叹残春。

(2017.10.13)

登　楼

何处泪长流？
孤风寂寞楼。
又逢明月夜，
不见古人眸。

(2017.11.3)

词选

长相思·念西风

念西风，
恨西风，
残日听啼血映红。
寒鸦白首翁。

望长空，
悲长空，
乡路长长上险穹。
不知泪眼蒙。

(2014.11.29)

长相思·哀斜阳

哀斜阳，
泣斜阳，
无力萧萧枯树凉。
残藤亦念乡。

割愁肠，
断愁肠，
山色遥遥化剑芒。
寒光照旧伤。

(2014.11.29)

长相思·霜夜凉（回文体）

霜夜凉，
凋叶黄，
日落昏昏影旧墙。
啼鸦长望乡。

乡望长，
鸦啼墙，
旧影昏昏落日黄。
叶凋凉夜霜。

（2014.11.29）

如梦令

星寂瘦枝难寐，
昏月摇风欲坠。
坐起复持觞，
怎敌冷霜侵被？
求醉，
求醉，
愁绪哪堪浇慰？

(2014.12.06)

一剪梅

孤菊披星戴冷霜。
欲枕无床，
露打残妆。
凄凄泪涌触新疮。
望眼疏荒，
难把愁藏。

晨雾攀枝渐去凉。
朵朵金黄，
辉映初阳。
圆苞灿笑落花狂。
败叶头昂，
枯蕊留香。

(2014.12.13)

忆秦娥

天光暗，
月昏云落披轻幔。
披轻幔，
愧于旧耻，
靖康之变。

江山多难声声剑，
虽哀休遮无辜面。
无辜面，
笑迎初日，
故国重现。

(2014.12.20)

满 江 红

瑟瑟边风，
难吹倒、漫山猛虎。
望长岭，丹心如焰，
遍烧荒谷。
乱世江山随落日，
奢浮功过成尘土。
不图名、只为救中华，
焚忠骨。

寇未死，
民何苦？
豺狼在，
安擒鼠？
率千军斩尽、恶贼奸畜。
谁愿静观家国破？
我将奋战身先故。
怒挥刀、独做断头兵，
方瞑目。

(2014.12.27)

卜算子·惜时

江水赶新潮，
不走回头路。
又见前年大雁归，
已换栖息处。

花谢尚能开，
怎奈蜂非故。
今日明朝变旧阳，
莫把春光误。

（2014.12.31）

唐多令·咏梅

朔雪盖霜枝，
昏鸦南渡迟。
立风中、面壁吟诗。
枯蕊入泥心不染，
香依旧，
细如丝。

春雨满仙卮，
初红浸碧池。
漫山霞、尽展天姿。
但见粉腮迎树舞，
摇新叶，
落胭脂。

(2015.1.26)

鹧鸪天·咏官厅水库

昔日滔滔行远踪，
银山渺渺塞苍穹。
桥心白顶梅花影，
江里昏灯蓑笠翁。

冰上树，雪中松，
奈何飒飒耳边风。
褐腰虽瘦心犹广，
笑展千枝气贯虹。

(2015.2.22)

鹧鸪天·惜时

笑语迎春醉月宫，
岂知旧岁化长风。
粉脂桃面终成土，
白玉圆盘又似弓。

山不老，日长红，
人无再少转头空。
劝君莫把青丝误，
不负黄鸡报晓钟。

（2015.2.22）

虞美人·怀想天宝十六年正月泣残城

元初瑟瑟云吞月，
耳畔寒风咽。
昏鸦满树树难堪，
面壁思乡不觉倚栏杆。

残枝轻颤枯梅落，
几处斜墙破。
为何一夜白山头，
纵有千滴血泪向谁流？

(2015.2.24)

虞美人·元夜抒怀

忆昔元夜繁星落，
花映残云破。
玉盘绿蚁酒灯红，
雪柳翩翩香路舞鱼龙。

而今元夜无风起，
泪眼楼独倚。
欲寻白兔伴天仙，
怎奈天高又隔数重烟？

(2015.3.5)

怨春好（自编词牌）

初阳高升，
半辉新叶拂东风，
东风吹入千家庭院中。
耳畔依旧，爆竹声声，
缠绵渐入长空。
惊起雷公，
蒙眬醉卧满堂红。

归雁一脉，
追日双飞人字摆，
几片祥云照尽满天彩。
忽闻哀叹，岁寒犹在，
不识晴好却怪。
心中雾霭，
缘何遇春深似海？

（2015.3.7）

采桑子

朝云未至霾先至，
欲见初阳。
不见初阳，
夏日新芽却覆霜。

晴天偏遇潇湘雨，
笑也凄凉。
哭也凄凉，
坐看青枝又染黄。

(2015.7.5)

永遇乐·长城怀古

莽莽长城，
东通山海，
西接嘉峪。
丝带盘旋，
巨龙腾跃，
似驾云乘雾。
崇峰峻岭，
往来左右，
天被地床长驻。
谁人知，
巍巍墙下，
掩埋累累筋骨？

秦皇一统，
欲传千代，
怎晓胡藏门户。
宋帝昏庸，

繁华一世，
解甲归蒙古。
戚军善战，
复燃烽火，
未阻清兵征路。
不禁问，
残垣万里，
有何用处？

(2015.7.12)

钗头凤·读《滕王阁序》有感

江如旧，
桃花瘦，
细风微醉檐边柳。
轻纱幔，
长书案。
白云犹记，
阁中欢宴。
散、散、散。

杯心酒，
船头叟，
一行鸥鹭千排藕。
山猿叹，
鱼鹰唤。
滕王何在？
序文空惋。
乱、乱、乱。

(2015.8.26)

一剪梅·游鸡鸣驿

一抹青山半抹秋。
斜月鸡鸣，
未白先休。
云中难觅去年花，
晚蝶飞时，
独上城楼。

风送浮烟水送舟。
老树犹存，
忠血空流。
故人何以见残墙？
哭也哀愁，
笑也哀愁。

（2015.9.4
发表于《中华诗词》2016 年第 4 期）

一剪梅·游鸡鸣驿又感

云里苍松云外蒿。
花落仍娇，
烛尽还烧。
斜阳寻月映山遥，
欲过石桥，
难过石桥。

凌乱古城存寂寥。
窗外衣袍，
檐下空巢。
残墙危立至今朝，
风也飘摇，
雨也飘摇。

(2015.9.4)

水调歌头·乙未八月十六望月

昨夜登楼望，
檐上月朦胧。
黑云静默千户，
抬首叹长空。
寒鹊凄风旧叶，
对影欹斜酌饮，
回首腊灯红。
晨起踏霜露，
梦里醉莲蓬。

垂帘遮，
银河落，
举苍穹。
不知今夕何事，
素玉似人瞳。
雨打银盘难见，
雾散中秋已过，

把酒向蟾宫。
念四海游子，
独坐雁鸣中。

(2015.9.28)

长相思·叶泣墙

叶泣墙，
夜弃蔷。
尘路悠悠雨稠长。
西山映旧阳。

渐离乡，
见梨香。
晨露幽幽语愁肠。
溪杉应柏杨[①]。

(2015.10.18)

① 词中多处运用谐音、复沓手法，属文字游戏。

西江月·京城雾霾两周有感

阵阵枯风落叶，
重重寒日飞烟。
家中独坐忆晴天，
窗外稠霾一片。

痴犬急衔断树，
昏鸦误撞垂椽。
难寻云脚与山巅，
恍恍鸡鸣东院。

（2015.11.15
发表于《中华诗词》2016 年第 4 期）

蝶恋花·暮雪

百里杨花千里雾。
檐下空巢，
桥上银装树。
几片飞蛾红烛舞。
寒鸦白发穿门户。

槛菊无存梅未露。
梦里芳菲，
窗外孤藤苦。
复问残冰犹不语。
残冰正望归乡路。

（2015.11.24
发表于《诗词家》2019年第1期）

青玉案·踏雪

门前踏雪声声碎，
老藤舞、
寒鸦醉。
簌簌丘中拾落蕊。
青松犹立，
霜枝欲退，
孤犬桥边吠。

空巢枯木难言悔，
白鹭身披玉冰坠。
似药浓愁能几味？
斜檐垂月，
褐石浸泪，
墙角梅憔悴。

（2015.11.29
发表于《中华诗词》2016年第4期）

临江仙·冬日霾重停课家中

瑟瑟薄墙梅烬落，
阶边苔褪冰残。
无星无月夜孤寒。
忘花识树苦，
瘦叶半空悬。

欲请昏鸦堂上坐，
昏鸦迷醉窗前。
梦中生翅入云天。
才穿千里雾，
又过万层烟。

(2015.12.9
发表于《诗词家》2019年第1期)

青玉案·北海日暮

银纱轻挂高低树。
柳垂发、
松含露。
黄竹遮断萧瑟路。
薄冰浮雪，
浓云腾雾，
青瓦藏朱户。

鸳鸯戏水鸭学步。
来往行人倚栏驻。
白塔清音伤日暮。
横舟几叶，
梅香二度，
痴雀枝头舞。

(2015.12.27)

忆江南·除夕

新春到，
归燕送昏鸦。
昨夜轻风吹草暖，
门前雏柳卧新芽。
爆竹问朝霞。

(2016.2.7)

山坡羊

桃花依旧，
梨花空瘦，
闲行街外香拂袖。
叹昏鸦，
不还家，
时值春半梅犹露，
红枝万点绿杨透。
悲，把花嗅；
乐，把花嗅。

(2016.4.10)

少 年 游

两年好友解行舟，
非喜亦非愁。
眼中似有，
千滴离泪，
今日忍横流。

敢问知己何时去？
盛夏或金秋。
频传书笺，
不须肠断，
独自饮高楼。

(2016.7.9)

摸鱼儿·西夏王陵怀古

却难知，
昔时楼榭，
而今归向何处？
叹兴亡百年辛苦，
皆自逐风随雨。
闻瑟鼓，
赏歌舞，
旧朝乐事无生趣。
垂头不语。
正夏末秋初，
黄河腾雾，
还滚滚流去。

繁华尽，
兴庆皇陵万亩，
唯存惆怅黄土。
看多少暴君贤主，

化作一堆尸骨。
思别路，
念儿女，
薄云渐暗夕阳顾。
春秋寒暑。
俱笑我痴狂，
不识世务，
竟独步怀古。

(2016.8.8)

浣溪沙·游贵德黄河（并序）

丙申初秋，余赴贵德县探寻黄河上游。但见碧水映天，清明如镜。丹山绵延两岸，汇天地之经脉，集日月之精华。河畔立一碑，上书“天下黄河贵德清”，乃钱其琛先生所题。吾感于此，遂以此句填词。

天下黄河贵德清，
一条玉带润生灵，
丹崖碧水望神明。

山似盘龙河似蟒，
龙头蟒尾落凉亭，
山河浩荡与天平。

(2016.8.12)

行 香 子

晨起闲游，
无事登楼。
到今朝，
蝉调方休。
欲睁睡眼，
夜影深幽。
叹梦中人，
梦中事，
梦中愁。

夏花落尽，
黄泛青收。
倚栏杆，
日上枝头。
徐风瑟瑟，
离鸟啾啾。

看一园红，
一园绿，
一园秋。

(2016.9.25)

卜算子·秋雨

微雨雾犹浓，
雾里寻归雁。
残叶迎来瑟瑟秋，
新菊含香散。

雨缓打花残，
风瘦吹花乱。
唯有昏鸦和雨啼，
檐下声声断。

(2016.10.4)

南乡子

云落晚林幽，
黄叶飘零掩小丘。
何处昏鸦随我后？
高楼。
树影深深独自愁。

明月几时休？
一夜春风一夜秋。
江水千年如一日，
东流。
我似江中一叶舟。

(2016.11.8)

雨霖铃

寒云欲泻。
日迷灯暗，
断雁啼血。
昏昏病榻独卧，
闻窗外，
千枝摇曳。
冷雨浓霜萧瑟，
叶飞北风阔。
雾漫漫，
凝望街边，
草瘦藤伤老枝折。

晓来旧巷迎初雪。
踏轻冰，
头上孤鸦咽。
黄金一树不见，
四顾满天梨屑。

路上无人，
空有一腔乱愁难说！
却欲问，
秋去何方？
碎一园残叶。

(2016.11.21)

一七令·风

风
春夏，秋冬
古亭外，明月中
斜斜深巷，漫漫长空
今夕吹叶落，明朝映花红
塞外浓霜萧瑟，江南细雨朦胧
酥雨来后雾方尽，腊梅开时雪已融

(2017.1.1)

采桑子·新年初晴

北风一扫阴霾尽，
云自轻柔。
柳也轻柔，
喜鹊闲鸣立树头。

旧冰未解新苞露，
连日霾稠。
连日心忧，
唯愿晴川万里流。

(2017.1.8)

天净沙·冬游

苍山白塔银冰，
日斜云聚风平。
近水新枝泛青。
旧墙残影，
隐约归雁长鸣。

(2017.1.15)

忆秦娥·上元节

灯摇曳，
一城爆竹云遮月。
云遮月，
杯中酒满，
巷中风烈。

春晖将至驱冰雪，
梅花枯草说离别。
说离别，
群芳终逝，
暗香难绝。

(2017.2.11)

减字木兰花

东风吹遍，
一夜间新苞一片。
兰杏梨桃，
河畔青青垂柳条。

小园幽径，
南雁归鸣北鸟应。
树影昏昏，
水映斜阳满园春。

(2017.3.12)

苏幕遮·丁酉中秋长城寻月

草萧疏、
风料峭，
时正中秋，
独上长城眺。
山掩重山云遮庙，
四野无人，
欲对晴空啸。

赤霞浓、
青雾俏，
不见婵娟，
唯有残阳照。
明月笑侬侬自笑，
何处鷓鶉，
自在丛中叫。

(2017.10.4)

水调歌头·丁酉重阳

行客衣衫紧，
老树影犹长。
西风一夜，
秋霾尽扫现苍凉。
碎叶丘前丘后，
三两垂髫相戏，
张臂捧金黄。
枯柏连天际，
云隐雁成行。

残阳落，
寒岭望，
俱茫茫。
昔日茱萸不见，
恍恍又重阳。
千古英杰一瞬，
万里江山依旧，

何须自彷徨？
把酒敬初月，
共饮菊花香。

(2017.10.28)

文选

登仰山赋

自夏末以来，阵阵秋雨连绵。阴云浓密，时有残日露首，旋即遮天。雨打檐下树，惹人烦添。晨起，却见初阳高升，天蓝欲滴。午后兴起，便登京北仰山，及至夕阳斜照，触感伤怀，便为此赋。

仰山林密，奥海水圆。细风轻拂，水中山层层荡漾；斜日微照，山下水片片生辉。红鲤翻越，行人熙攘。青石侧坐顽童，花衣白袜；浮萍独立闲翁，竹帽芒鞋。水绿更无二重色，天蓝唯见半抹云。才随登山者，吟啸快步；却闻鹧鸪声，流连徐行。叶间斑驳日，耳畔隐现琴。

时属初秋，月正半圆。霜未降，露未凝，风徐而雨歇。碧叶林中一点红，青草丛里两缕黄。草抚足踵，顿化足心痛；叶触眉梢，立解眉间结。余向西行，日向西行；心纳清凉，风送清凉。驻足回望，舸舰扁舟排泊，危楼宽院交错。入林见叶蔽天日，出林望石立峰巅。

及山顶，环望四野，极目天地交接。但见北园草木葱郁，南线楼宇恢宏，西望车流隐约，浮游天上；东寻山路幽深，蜿蜒林中。山不高，亦无仙，别有几番风味；水不深，且无龙，自生一方舒闲。砖下卧草，岩上盘松。苍鹰已知何处飞，草虫不晓几时鸣。

晴空万里，始觉天高地迥；红日西倾，却思古往今来。韩愈华山寻路，遇路之险，作绝命书，问此书今在何处？始皇东岳祭天，感天之近，立四足鼎，问此鼎今客谁家？

既黄昏，斜阳犹映下山路。风愈凉，日愈偏，青叶萧瑟，红叶飘零。初阳还似仲夏，斜阳已似深秋。闻溪水之声，欲缘溪行，又恐迷林中。草间无促织，枝头栖寒鸦。不知去向，信步林间。日投影长，月照身凉。

不觉间，已至苇塘。缓行池上板桥，迷醉池中苇草。犹记前年来此，细苇至腰；去年来此，苇上眉梢；而今苇及两人高，苇长行人更空寥。孤雁先飞啼长空，幼蛙不见入泥中。夕阳半入西山脚，蒲草歆看寂寞秋。

嗟乎！落日虽西沉，余晖尚在东。故人冬逝去，无计看春风。太白不羁，美酒一生乘鹤去；子美孤苦，茅屋半世抱恨终。乐毅败齐，功成而畏诛降赵；子胥灭楚，名盛而赐死沉江。霸王乌江虽自刎，高祖同是地下人。颜回焉知，夫子芳名传四海；岳飞怎晓，奸臣墓前跪千年。孔明神通，未曾想，祁山斜日；大汗威武，却不知，碑刻何方。至于死后未留名者，更不知千千万万也。正是：

杨柳发春秋却死，万年苍翠万年松。
东风及早扶新叶，夜雨终将打落红。
劳苦半生知路远，荣华一世转头空。
故人唯有坟前土，断雁年年叫西风。

时一五年九月十二日

（2015.9.13

发表于《十月·少年文学》2017年第2期）

四方怪杰

四方怪杰，亦称史家四怪。因此四人皆具异貌异能，故称四怪。何谓史家？因其博古通今也。何谓四方？因相貌家况之别而分称东怪、西怪、南怪、北怪也。

师泽堃，东怪也。身高臂长，似东海猿猴，因谓东怪。生有巨口利牙，顶上发常竖起。擅跳，喜笑。笑时眉飞嘴扬，面色红紫，形扭曲而滑稽。微口吃，时流涎，而又喜动多言，故常人避而远之。精通华夏之史，至于大秦、大食等地之兴衰亦无一不晓。

赵舜杰，西怪也。身矮而力奇大。手握杠，臂支身，可连旋三周。因幼时游学西洋，精多国语，故称西怪。尝于闲谈之时间杂外文，见众人面露惑色，遂止。余常与之论古今，赞其言甚精妙。因舜杰自幼习于西洋，若论西方之史，恐无人能与之相敌也。

君若见一牛眼虎口狮鼻之人行于路上，其必为南怪牛泽航也。因其面如黑铁，发乌而鬈，故人常戏曰“汝乃慢八撒[1]人是也”，因谓南怪。泽航身高体胖，却极善奔。面若胡麻饼，圆而多癞。目似凶犬，常眈眈望远方。通各国史，尤以战史见长。

北怪名云旌，乃清之后裔，爱新觉罗氏之嫡系传人，祖上为康熙。自清亡以来，举家从商。其父早逝，遗云旌钱财无数。因其故居存于满洲，故曰北怪。其面白且圆，淡眉忽曲忽直，便似忽悲忽喜。受家风所染，通茶道，习剑术，知地理，尤精于史。古今中外，无所不知，无所不晓，虽太史公亦不能及也。

此四人皆吾之益友。平生能逢此类人一者，幸也。余今已逢四，真乃三生之幸集于身矣！

(2016.6.7)

---

① 慢八撒是现在肯尼亚蒙巴萨的古称。在《郑和航海图》里蒙巴萨被标作“慢八撒”。

过腾格里沙漠

从半草半沙之地，渐入大漠。忽身陷其中，黄沙莽莽，难辨东西。天高地迥，四面皆沙，为丘，为谷。攀丘便觉直飞入天，下丘便觉直堕入地。沙细细似倩女之肤，日炎炎似壮士之目。幸而未遇风，若狂风作时，必沙石乱飞，不见日月。于沙中却现一湖，为新月状，水波潋滟。坐舟上，见水中藻荇甚茂，鱼虾潜跃，草虫相鸣，毫无大漠之状。万顷黄沙未能掩此湖，真乃难遇之景象也。

(2016.8.6)

曹操传

曹操，字孟德，小字阿瞒，沛国谯县人。其貌不扬，身长不足七尺，细眼长须，却有英雄之相。

曹操之父曹嵩，本姓夏侯，为费亭侯曹腾之养子，故改姓曹。嵩后官拜大司农，位高权重。嵩素不喜操，因操气盛，好为游侠，故常引祸事。

公元174年，曹操入京为官。184年，拜为骑都尉，于颍川大破黄巾军，因观汉室颓败，遂隐。逾两年，上惜其才，令复官。

189年，董卓入京，操逃至陈留，起兵伐之，后众诸侯讨卓，操立功。

灭董卓后，操占东郡。自193年至199年，操斩吕布，攻张绣，败袁术，破刘备，收张辽，迎献帝，威名大振。而又平兖州，占徐州，逐鹿中原，辖域仅次于袁绍。

越明年，屯军官渡，欲战袁绍。其兵粮皆远不及绍。然绍有志无谋，不听忠言，白马一战，损颜良、文丑二将，遂暂退。

八月，袁军挺进，屯数十里。操坚守官渡，然粮草将尽，势危。十月，绍运粮万车，屯于乌巢。操听人之计，入夜率军疾行，潜于乌巢，四面纵火。袁军失粮，大乱，将尉多降于操。绍弃军退于黄河之北，后病逝。官渡一战，曹军万人，袁军十万，而操大胜，岂不奇哉？此战后操一统北方，自封魏王。

208年，夺荆州，击刘备，欲平江东。后孙刘合力战操于赤壁，公瑾孔明巧使连环计，操大败，撤军北还。

赤壁战后，操屡次南下，有胜亦有败，虽有壮志，然终未一统江山。

220年，逝于洛阳，葬于邺城，年六十有六。操至死未称帝。

正史赞曹操为豪杰，演义评曹操为枭雄，京戏批曹操为佞臣。何也？

曹操招兵马伐董卓，可谓忠将；挟天子令诸侯，可谓奸臣；诛袁绍扫中原，可谓一代豪杰；败赤壁走华容，可谓丧家之犬。收许、荀，降张辽，可谓礼贤下士；斩孔、杨，逐祢衡，可谓鼠肚鸡肠。纳许攸而信之，遂破绍；疑华佗而斩之，致病终。剿黄巾害人民，为过；统中原利人民，为功。

战袁术时，为振军心，冤杀护粮官，可见其心机；破袁绍后，为安将心，义释众叛将，亦可见其权谋。

嗟乎！似此等人物，岂能一词以蔽之？

(2016.10.5)

奥运异国英雄列传

（一）

尤赛恩，牙买加人也，姓博尔特。其父从商。牙买加，加勒比一国，国小而人贫，然其民善奔。

博尔特生时，啼声甚响。其父喜，曰："此子声甚响，日后必能精歌舞。"故尤怜之。

博尔特幼时甚顽，一日取父之冠而踢之。父怒，逐之。然博尔特虽幼，奔似疾风。其父见其速若此，遂止。或谓其父："汝子方少，然其疾若驰，前途无量。"

渐长成，身高臂长。于校中疾走，人皆呼："非人也，非人哉！"其师闻之，劝其习短跑。闲时即练，疲时遂止。

十余岁，家贫，食无饱，居无安。其父令其以跑谋生。

初，博尔特畏苦畏劳，常间歇一旁，弗练。虽有天资，终无良绩。其母家中日夜劳作，以供之，终染恶疾。博尔特闻之甚愧，遂苦练。其母竟渐愈。

十又八岁，初赛；廿二，破世界百米纪录，一举成名；后于北京奥运再破纪录，又破二百米纪录，夺两金；廿三，复破纪录，获世锦冠；廿六，双卫冕；廿七，世锦双冠；廿九，世锦三冠；越明年，伦敦奥运三冠……

博尔特参赛无数，获金逾四十枚，少有败绩，世人谓之“闪电”。

（二）

若言博尔特为陆上王者，则菲尔普斯乃水中王者。菲氏名迈克尔，美国人也。

少时，其兄姊皆善游，迈克尔独喜棒球。平日甚顽，学业不佳。

年七岁，其姊劝其游泳。慧，不久即胜其姊。

鲍曼，佛罗里达人，游泳教练。一日偶见菲尔普斯游若蛟龙，遂寻其父母，劝其弃所好而专习游泳。父母诺，迈克尔虽不喜，亦遵诺。

自十五岁起，破纪录数次，于北京奥运夺金八枚，奥运共摘金廿二枚。年已过卅将退。

斯库林，新加坡人也。幼时尝遇菲尔普斯，大喜，曰：“尔乃吾之偶像，吾欲效尔！”菲尔普斯时年廿三，闻之，笑。

斯库林日夜苦练，族人笑之曰："汝苦练似此，欲胜菲尔普斯邪？"

菲尔普斯年卅二，战里约，惜败夺银，胜者乃斯库林！赛后，人皆贺斯库林。斯曰："吾所以有今日，皆因菲尔普斯乃吾之偶像耶。"菲尔普斯感慨，人亦奇之。

叹曰："少时一梦，今竟成真。八年苦练，铁杵成针。"

（三）

李宗伟，马来西亚人，祖居福建，故精汉语。

少时身矮，族人令其练篮球。母见其常日晒，臂、面皆褐色，怜之，不令其复练。

年十一，父带其观羽球，宗伟喜之，遂习羽球。越六年，已入国家队。

年廿一，渐入佳境，成世界第一。后负于鲍春来，名声渐弱。同年，因车祸而伤，愈后苦练，复起。越明年，胜鲍春来、林丹，又为第一。

林丹，福建人氏也。曾获奥运、世锦、世界杯、亚运、亚锦、全英七赛之冠。乃李宗伟之劲敌，亦为其益友。与宗伟赛无数，互有胜负，难分伯仲。不论孰胜孰败，皆贺、慰对方，人皆叹之。

北京奥运，李宗伟负于林丹。

后四年，苦练，参大小赛。伦敦奥运，挫数将，会林丹于决赛，惜败。赛后摇首叹曰："吾老矣，将退。"马来西亚众人劝曰："林丹亦老矣，将退。吾国奥运无金，汝若夺金于里约，奇功一件也！"宗伟思良久，诺。

后宗伟与林丹共筵。林丹问曰："汝欲退乎？"宗伟对曰："国有任于吾，安能退？"林丹笑曰："吾本欲退。今汝既不退，吾且伴汝四载！"马来西亚众人闻之，皆不悦。

李宗伟年卅三，大败谌龙。众人笑曰："孰谓汝老乎？"

年卅四，战里约，会林丹于半决赛。马来西亚万人空巷，屏息而观。中国亦有人曰："林丹休尽力，宗伟平生未获奥运之冠，甚苦。"宗伟不负众望，险胜林丹。马来西亚举国欢庆，更有人激动猝死。林丹亦贺之。皆曰："汝今日终可夺金！"宗伟曰："尚余一赛。"或谓宗伟："谌龙何足道哉！汝去年大败之！"宗伟不语。

决赛战谌龙，李宗伟惨败。马来西亚人皆泪下。宗伟凄然曰："吾非极慧之人，所以有今日，只因勤于苦练。今日吾已尽力！"呜呼，天命终难违！

余曰：“天资异禀者，鲜矣。怀天资而苦学者，余今生未见。慧而不学，终成仲永；慧而勤者，定能成大业。然至于天意无冠者，又岂能一味求哉！”

(2016.10.11)

霾　赋

霾，雾尘结合也。近兴于北方，常于秋冬之时席卷而来。每至，必浩浩荡荡，白烟千里，浓雾满城。短则三日，长则半月。霾入人肺腑，染诸恶疾。故京中人家，每逢霾至，必关窗闭户，藏于屋中。

近日恶霾盛，故自困家中。闲来无事，望窗外，见人车竟少数倍。偶有行人，无不掩面护鼻，低头疾走。树影昏昏，寒鸦不啼；举头不见日，低头寻路难。或道："京中人为何恶事，以致天降斯？"如此云云，不住怨天。

嗟乎！霾之所以猖獗，此皆人为，岂能怨天？中原求发展，故采矿兴工。然毁草木，排烟尘，遂兴"霾城"。人皆欲获益，乃行此事，却终害己。

故若霾复至，休怨天，唯怨己耳。

(2016.12.11)

观南海

正月初一，余赴琼岛游。

时已隆冬，京中霜打寒树，冰敷枯河。一夜烟花，初一霾重风平。然琼岛气候如夏，烈日炎炎，虽赤膊仍觉燥热难耐。山上山下，千树皆碧，亦有木棉花开满树，红似朝霞。

初三，余至石梅湾观海。南海之阔、之威、之美，令余感慨万千。

余曾观渤海。渤海之瑟瑟，似冬。水平波静，其色黑。若风小势微，则水似碎镜，涟漪片片；偶有大风，则浪忽起，入岸即退。

黄海之潇潇，似秋。水凝波缓，其色黄。风平之时，水似玛瑙，波浪缓而气势重；若风起，则浊浪拍岸，虽不能碎山石，亦足以使人心惊。

东海之漫漫，似春。水澈波明，其色碧。若天朗风静之日，则水似翡翠，波光映天之本色；若狂风怒号之日，则巨浪排空，波涛滚滚。

然南海异此三者也。

南海之滔滔，似夏。水势浩大，虽千江万湖犹不及也。放眼四望，不见其际涯；极目远眺，唯见水天一线。海中渔船，似米粒；海中戏水者，似蝼蚁。处其中，方知人之渺小，天地之宽广。藏舟纳岛，怀万物于胸；吞日吐月，载乾坤于腹。此南海之阔。

波澜阵阵，白沫翻飞，南海之景也。或细浪拂岸，似旧友重逢，喜形于色；或高浪拍岸，似严父斥子，怒现于表。若逢涨潮，后浪接前浪，连绵不绝。尝有三四浪汇为一浪，其势如山崩，声如鸣雷，令天地为之动容。卷泥沙于一瞬，化磐石于无形。此南海之威。

深海蓝，浅海碧，近岸清。三色交错，三色相融。忽有渔舟破浪，则水上现白痕。水映天，天愈蓝；天接水，水愈青。沙色白中泛黄，绵延百里；沙上椰树，郁郁青青。偶有沙鸥一列，鸣声啾啾；海浪和之，啸声隐隐。此等风光，怎叫人不沉醉于其中？此南海之美。

精卫亦愚矣，如此壮美之海，岂能以砂石枯枝而填之？

(2017.2.2)

游月坛公园

二月二十五，余游于月坛小园。

时值午后，蓝天旷而浮云聚，微风凉而晴日暖。老松苍翠，旧草泛青。

行于小路，渐入梅园。路旁梅树丛丛，枝上金梅朵朵。其花薄如蝉翼，金如旭日；其蕊细若游丝，柔若秀发。一枝上开数梅，二梅相依，似蝶；三梅相依，似叶；四梅相依，似扇。有孤花无所依者，却有早蜂伴其左右。

偶有鸟鸣，又添几分情趣。放眼四望，唯见一片蓝，一抹白，一丛金，一只蜂，一园春。

(2017.2.26)

试说柳湘莲

曹雪芹笔下男子，或似宝玉顽劣癫痴，或似薛蟠游手好闲，或似贾赦荒淫无耻，偶有贾政之类，世俗正统，未免古板。唯有柳湘莲，似泥中孤泉，野上高竹，言谈举止，皆有清香之气。虽于书中昙花一现，然此一现之光，贯全文，亮人心。

湘莲乃侠骨柔肠、蔑权嫉恶之大丈夫。《红楼梦》中人物，若非文人，即是粗人，独湘莲乃“武人”。“武人”非言身负武功，而指心向侠义；非言放荡不羁，而指心性独立。湘莲父母早丧，读书不成，浪迹江湖；舞刀弄枪通武艺，吹笛串戏具才华。虽一贫如洗，却不肯依附贾府，不愿结交权贵。湘莲别号“冷二郎”，素对贾府诸纨绔冷面相待，却因生相俊美，又喜戏文，而遭呆霸王调情。他何等孤傲之人，气愤不过，将薛蟠暴打一通。余读至此处，大呼“解气”。然其虽下手狠辣，却并非阴贼之人：此后薛蟠外出遭遇劫匪，财物一空，性命危急。湘莲见状，不计前嫌，拔刀相助，救得薛蟠等人，后竟与其结为兄弟。可谓“外浮内不浮，面冷心不冷”。

湘莲乃重情重义、洁身自爱之真君子。其素与秦钟交好，后秦钟早逝，湘莲常拜其坟，或遇天雨坟移，纵家徒四壁，亦借贷数百钱以修故友之坟，可谓重义。前文已述，薛蟠调戏湘莲，触其底线，遭其毒打，足见其自爱。待与尤三姐定亲，细询宝玉其人之品行。宝玉含糊笑答，湘莲竟怒而毁约，执意将定情物索回，足见其高洁。不想尤三姐刚烈，挥剑自刎，以示清白。湘莲大哭两场，自叹自悔，竟“将万根烦恼丝一挥而尽，随道士不知往哪里去了”。可见其重情之至。

湘莲血性刚勇之气，乃宝玉之所无；至情至性之心，乃薛蟠之所无；侠义清正之德，乃贾赦之所无；豪放自由之风，乃贾政之所无。《红楼梦》以贾宝玉为主，其余诸人辅之。若言宝玉为日，则周围众人如大小行星，更有丫鬟姨娘等似卫星，皆围之拱之。独湘莲乃一流星，自循其轨迹，自守其风格，虽倏忽而逝，然余光耀眼。

呜呼！湘莲怀技之身，余赏之；任侠之心，余好之；自由之态，余求之；率真之言，余效之；沧桑之历，余怀之；悲凉之局，余叹之。其身在繁奢之泥沼，仍存独立之气节，兼具君子之态与游侠之风。然时运不济，终因“寻同道之友，求无瑕之情”而错失尤三姐，以致悲剧。“哀莫大于心死”，经此变故，清心已死，遂离凡尘。

宋周敦颐“独爱莲之出淤泥而不染，濯清涟而不妖”，柳湘莲之风骨正与此同，或曹雪芹寓莲之意于其身也。

(2017.10.29)

图书在版编目（CIP）数据

风言实语：王实古诗文集 / 王实著. -- 北京：作家出版社，2019. 10

ISBN 978-7-5212-0683-8

Ⅰ. ①风… Ⅱ. ①王… Ⅲ. ①古体诗 - 诗集 - 中国 - 当代 Ⅳ. ①I227.7

中国版本图书馆CIP数据核字（2019）第183045号

风言实语：王实古诗文集

作　　者：王　实
责任编辑：赵　超
装帧设计：崔　凯
出版发行：作家出版社有限公司
社　　址：北京农展馆南里10号　　**邮　　编**：100125
电话传真：86-10-65067186（发行中心及邮购部）
86-10-65004079（总编室）
E-mail:zuojia@zuojia.net.cn
http://www.zuojiachubanshe.com
印　　刷：北京中科印刷有限公司
成品尺寸：130×210
字　　数：102千
印　　张：6.5
版　　次：2019年10月第1版
印　　次：2019年10月第1次印刷
ISBN　978-7-5212-0683-8
定　　价：32. 00元

2002年出生的王实，有着一颗颇具古典韵味的诗意性灵。

本书收录的主要是他初中创作的作品，其间闪动着少年诗人难能可贵的诗意敏感。

上架建议：诗歌

ISBN 978-7-5212-0683-8

新书页面

定价：32.00